JN254913

永遠の塔

法橋太郎

思潮社

永遠の塔

法橋太郎

思潮社

目録

風の記録　10
荒野をめぐる月日について　14
この世の旅人　18
永遠の塔　20
器　24
自由の鍵　26
黎明の器　28

帰還　32
眠れひとよ　34
正氣　38
幸福　42

無知　46
エピゴーネンたち　50
幻の群猿　54

自然の摂理　60
果てしない助走　62
行程のゆくえ　64
道　68
記憶のトルソ　70
隠者攷　74
砂の楽園　78
希望の種子　82

装幀＝著者

永遠の塔

風の記録

爪を切る。インクに滲んだ爪を切る。死ぬまで爪を切りつづける。昏い過去と断ち切られた太い糸。孤独という病。疲れた足取りで石段を登った。頂上の草原にたどり着いた。汗が滴り落ちてきた。おれも民草のひとりに違いない。

おれの見えないところで風が吹いた。その風がおれの身体を吹き抜けてゆくとき、古い時代の印刷機が湖に沈んでいった。

インクの臭いに記憶の蝶が群がった。忘れられたものの滅びは静かに行使されるが、それに逆らうおれの意志より浮かばせる活字たち。欠けた鉛の活字たちが水中から重力に逆らって浮かびあがった。湖の水面に言葉が記された。

風の力を信じろ。われわれの内に在る見えない力を信じろ。風が吹くたびに水面の頁がめくられた。そこに書かれる風の記録。われわれは艱難を乗り越えるために生きるそれぞれの民草だ。

矯められた姑息なこころを鍛え直せ。さあ、起ちあがって風に吹かれろ。われわれの欲望だけではなく、われわれに隠されている叡智も現わせ。われわれの力で風に記録させるべき言葉を見つけ出せ。あたらしい風よ、あらたなる頁をこの湖の水面に啓かしめよ。

荒野をめぐる月日について

両手で胸を蔽っても魂は鷲づかみにされ、その苦汁は、人生の最もよい時の記憶までを黒く染めあげる。ひとつながりの日常が突然、断ち切られることによって、習慣が行動になる手立てのないままに脳裏を空回りする。生のいろどりは虚しさに満ち、その虚しさゆえの孤立が、反動として自嘲の荒野を展げた。

砂嵐に呑まれることを避けえたところで、生きているかぎり身心に痛む砂塵を払いさることはできないだろう。かつては地図に示してみせたその荒野に、突如、おれは追放され、襤褸（らんる）のまま立たされざるをえなくなったのだ。それからおれは、いのちと愛をめぐる回答のない問いかけに月日を費やしたあとで、それらの月日をも愚かしく喪失することになってしまった。

独自の曲がり、澱みをともなった流れを形成している、それぞれの日常。その絶えざるさざ波としての偶然が、幅ひろく設けられている必然の川床を移るが、惧れから先に拵えられた堤防にもかかわらず、嵩を増しての氾濫。またも決潰するであろう偶然の波、その水位の測りがたさよ。

幻想を含めた現実と、現実を含めた幻想。たとえ語と認識が一致したとしても、現実と幻想の交わるその領域の広さに、おれは、いまさらながら愕然としなければならなかった。むしろそれゆえ実際に車輪のレールを噛んでがたんたんと動く列車の誠実さよ、この荒野の陰翳をふかく刻んで走れ。

この世の旅人

われわれの血のなかにいのちの歴史が流れている。生の囮として見えてくる目的。果てしない欲望の光としての希望。否定にあらがっても向かおうとする意志としての願い。織りこまれてゆく意味。われわれはこれらのもとに吊りあげられる。

名も知らぬ雑草(あらくさ)たちが、颱風のさなかには根ごと倒れた。それが過ぎ去るとまた起ちあが

った。それが生きるということだ。しかし立
ち眩む空のした、われわれは何処に進もうと
しているのか。

それでも生の幻に翻弄される航海を望むのか。
肉と精神は絡みつきながらわれわれを迷わす。
ひとときの旅人たちよ。今という幻は永遠に
戻ってこない。幻の今を具体的に現せ。少量
の毒を飲み干して、もっと具体的な火と水を
積みあげろ。これが現実のわれわれの血を巡
るいのちの歴史なのだ。

永遠の塔

西脇順三郎へのオマージュとして

欲望は存在しない永遠の塔だ。生きているかぎり朽ちることがない黄金の精神だ。しかし哀しみはやって来る。陶器の破片から、ひとつの水甕が現れる。その水甕にたゆたっている野薔薇の花。さあ、歌え、すっかり時間に酔いしれて。

永遠に過ぎ去るのは今だけか。身体の内と外は空気より透明な空虚だ。宇宙が音を鳴らした。水垣には藻が色づき、壊れた水車が、軋み廻った。少年のむしりとった草が水垣を流れ去った。

戦争という青い歴史。歴史もわれわれの時間の一部にすぎない。消えてゆく矛盾した教訓だ。確かに欲望は存在しない永遠の塔だ。塔*のまわりには、不満の風がめぐる。そしてやって来ないように音もなく哀しみはやって来る。

われわれはそれを呆然と見て去りゆくのか。この世から去りゆくまでに、沈思するための残された時間は充分あるはずだ。見えないものを、聴こえないものを即坐に否定することはできない。

ふだんは卑しい思考のわれわれであるが、すでにいく時代ものわれわれを貫いて、神仏の摂理は存在するのだ存在しない永遠の塔の見えないその内部に。

＊嵯峨信之の詩に似た詩句があるが、ここでは関係ない。

器

タゴールに捧ぐ

おれを充たしていた水が器ごと叩き落されて、わが胸壁は痛められた。忘れられていた純粋な祈りが目覚めた。すべての花が散ってから、あたらしく柔らかい葉をつけるように、生まれ来る苦しみと歓びに満ちて、おれはふたたび誕生した。無知をまき散らす脳髄と闘うために。闘わないことをもって闘うために。

器にはまた水が注がれる。器がからならばこそまた注ぐ水もある。われわれはおのれに最も親切なのだ。器のなかの昏い水面にはさまざまなものが映った。おのれの顔だけではない。意識に機縁してわれわれはおのれの好むものや嫌うものを見てしまうのだ。

われわれの棲家であるこの惑星。太陽と月と星星。それもまたわれわれが生きているから、存在するのだ。ならば、この砂粒のような微小な存在が見る宇宙とわれわれそれぞれは、一体のものに違いない。おのれという器のなかを虚心にのぞきこむとき、その昏い水面に見あげられるかぎりの宇宙が皓皓として輝いてあるのだ。

自由の鍵

ちいさな黄金の壺のことで諍いあう、この世のひとびとのことで、おれは何度も失望した。おれのなかを真黒な塵が降った。おれは光の射すところまで歩いていきたいと思ったが、無知の足枷がその自由を奪っていた。生きているあいだにこの足枷を外せるかどうか、おれは迷っていた。

一度きりの一生を送るのに、われわれは未熟すぎるのかもしれない何かを解かったような気になっていても。無知の足枷が痛む。鳥たちの羽音を聴きながら、われわれは待ってばかりいる何か良いことが起こらないかと。そんな時も過ぎてしまう。われわれは年老いるまるで他人事のように。

おお、黄金の壺という蛇よ、無知の足枷よ、それらは内部と外部からわれわれを拘束する。束縛がこころのなかにあるのならば自由の鍵もそこにあるはずだ。矛盾する束縛を解くとき、われわれはそれぞれはじめて自分のちからをもって、自由の鍵で無知の足枷を外し、光の射すところで諍いの壺を叩き割り、鎌首をもたげる蛇を示すことができるのだ。

黎明の器

谷川雁のオマージュとして

私という殻を破るためにおれは何を放棄しようか。黄金に輝いて見えるその実、無用な数数の名称や概念を土に葬った。その肥料で伸びる樹木から、おれは誰のものでもない深緑の森を育てよう。育った森のなかで、おれはおれを誕生させよう。私の朽ち果てた虚空とひとつづきになるおれを創造しよう。

そのあとで光を発生させるのだみずからの内

に。分別こだわらない水を飲もう金剛の玉水を胸におさめるために。太陽と月と星星を天に仰ぎ、汚れたと知るひとにも知らないひとにもいのちの玉水を与えようおれと同様に私という殻を破らせるために。そうしてはじめておれたちは苦しい区別をまっさらにすることができるのだ。

それぞれのひとが固執する私をまずは自覚せしめる弓のかたちの虚空を贈ろうおれたちが利害のない真の友になるために。顚倒したこの世を真直ぐに歩くちからを得て、さらなる森を、おれたちの呼吸できる甘い空気に満たして配ろう。さあ、黎明の器に透明な玉水を入れておこうおれたちという殻を破るために。

帰還

記憶の殺戮があった。思念の処刑があった。
おれたちは生きているかぎり意味を欲する。
生きることは意味を織りなすことだ。

死は理解できない。生は理解できるのか。ただ自己の脳髄のなかで意味が織られているだけにすぎない。意味を摑まえたところで生のなにが分かるというのか。ただ自己への執着を生むだけだ。

希望はどこにあるのか。希望の指標は距離でも方向でもない。希望は常に足のしたにある。足を踏み鳴らせ。そこから静かに一歩踏み出せ。

おれは帰還した。織られた意味をその場でほぐして、糸屑にした。おれのうしろに莫大な量の糸屑の山ができた。そのうえに一個の火を落とした。

眠れひとよ

またひとつ舟縁に刻す楔の印。大事なものをそこに落としたと思うからだ。舟縁にはいくつもの印が刻まれていった。おれはその舟縁を指でなぞった。しょせん落としたものはもうそこにはない。それでも、いつか岸に着いたら、その底を一度捜してみたい気になるのだ。

捜すというのは落胆を避けるための優しい口

実に過ぎない。しかし、どの舟縁にも無数の刻み痕がついている。そして歳月を経た大きな溜息をつくのだ。もちろん、おれの舟縁にも日数をかぞえたような大きな楔傷がいくつもついている。うしろに過ぎてゆく、向う岸を目で追いながら、どのひともそんな風だったに違いないといま感じるのだ。

舟板に坐り、先を見る。霧が降りてきてはっきり見えない未来に、どういうわけか過去が映ってくるのだ。おれは姿勢を正して過去をふり払った。未来をふり払った。

向こうの舟にもこくりとやっているひとがいる。どんな夢を見ているのか訊きたくなるが、――いいだろう、眠れひとよ。航跡が消えてゆくように、われわれの時間はすぐに消えてゆく。すべて思いゆくまで経験することはできないのだ。どの舟も霧のなかに呑みこまれてゆき、その先を知るものはいない。

正氣

文天祥に捧ぐ
K・W氏に

正氣は常に何処にもあり、われわれもその正氣のひとつの仮の形なのだ。生きても死んでもこの正氣だけは変わりがない。側側とわが身をかえりみて、過去もなく未来もなくして、現在のみがここにある。過去も未来も幻にほかならない。淀川の水がひかりを立ててきらめいていた。凍えるような寒さのなかで。

たとえおれが獄に繋がれても、その意志を摧くことはできない。生も死もおなじ正氣の集散なのだから。いずくんぞ生や、いずくんぞ死や。身心が震えるのもまたよかろう。いつかは果てる生ならば、死を怖れてどうしよう。苦難につづく苦難を古人も経験してきたのだ。安逸をむさぼるのも好いだろうが、それで生の何を得たというのだろうか。

おれは生のかぎりを生きるつもりだ。この生もはかない幻だろうか。それはおれの判断するところではない。われわれは形を超えて存在するのだ。宇宙、それも正氣なのだ。払暁に鳥がさえずった。枝葉のなかに身を隠してはまた羽搏いた。

われわれは考える。しかしどんな考えがわれわれを動かすのか、慮ったことはあるか。その考えが正しいかどうか。ただ志を貫きとおすのみ。おれはゆっくりと歩いた。正氣の風が吹いた。強い風が吹いて、おれをさらに一新させるのだ。

幸福

紫陽花が花開こうとしてかたちを整えていた。
おれは鬱鬱として超越者について思いを馳せ
ていた。この世の不満は果てしなく、われわ
れは年老いてゆく。不死をもたらす力につい
ておれは考えるが、ダイヤモンドの永遠も黄
金の無限も掌から零れおちてしまうのだ。
われわれはそれぞれの一個の生命を涸らして
ゆくだけなのか。おお、永遠の水。無限の水。

それは不可能だ。あらたなる季節は巡りくるが、われわれの時間は限られていた。ひとびとはみずからの精神を高揚させる言葉を望むが、その言葉みずからが干からびていった。

脳髄はわれわれが何のために生まれてきたのかを問いつづけるが、その答えは何処にもない。ああ、花のような言葉を発したいが、光のような言葉を発したいが、それらの言葉がいかに潰えやすいものかをおれは知っていた。幻の花、幻の光。われわれが目指してきたものは何だったのか。

生きているわれわれはまだ思うことができる。こころがゆたかに恵まれ、心配のない状態。満足したときのような一時的な充足感。そのような幸福感もまた過ぎ去る。常なるものは何ひとつない。思うことでない。思うことでないひとつの状態。幸福を思わず、不幸を思わない状態。そこに到れば、誰もが、真の幸福に安らいでいることができるのだ。

無知

朝の陽ざしのなかで黄色い自転車をもって友は待っていた。通りすがりのひとびとがまるで死に瀕したかのような貧しい言葉と乏しい知識とその表情のあいだにいくつかの悪意を見せていた。それはそのひとびとの脳髄の悪意にほかならない。艱難によっておれのなかの何かが呼び起こされた。本来あるべきこころの真実はある。

それにもかかわらず友は無言でいられた。眼前の対象が幻だと知り、それを遠ざけた。吹きくる風のなかで光となってそれが示されていた。言葉の強さが路上を輝かした。ひとびとの脳髄にかかわらず風景はそれを指し示す。卑しい脳髄は卑しい脳髄の持ち主のものだとその振る舞いがそう語っているのだ。

いのちはここにある。別のいのちが何処かにあるわけではない。多くのひとびとが他人のものばかり見ているのは何故だろう。みずからが何だったのかという思いに到るとき、その対象が他ならぬおのれ自身であったことを知るのだ。

こころなき、無知なひとびとはどこにでもいるが、いずれはこの世の垢に染まった鎧の紐が切れほどけて、面白くもない怨賊の、無知な身であったことに気づく日が死ぬまでにはやって来るのだ。

エピゴーネンたち

ひとりがその夏、ひとつの美しく精緻な城を
創った。いまでは無人の廃墟と化したが、か
つて古老たちはその城を讃えた。いまでは廃
墟と化したその城のまわりに、遊園地さなが
らの偽の城ばかりが建っている。

空には星も月も見えない。その城を建てたひ
とりは、牢に繋がれて死んだということだ。
後年、何人かの善良なひとびとがその理由を

捜したが、ただひとつ言えることは、それらがエピゴーネンたちの悪意によるものだということだけだった。

もちろんエピゴーネンたちが直接手を下したわけではなかった。何か巧妙に仕組まれた罠か運命がそのひとりを牢に追いやったのだと憶測されるが、真実は誰にも知られないままだ。

後年、エピゴーネンたちも理由なく、その牢獄に消えた。鼻を殺がれ、脚を斬られて死んだということだ。悪しき盗作の城について語るとき、ひとびとは何故か耳を閉じた。かれらの話すことはまちまちで、一貫性がなかったし、それは現実から考えられる常識をはるかに逸脱していた。

牢獄を調べてみると、いくつかの鼻とおぼしき肉片と数の合わない脚が見つかったが、そのなかに真の城の主のものがなかったことだけがはっきりしている。すでに混迷を深めようとしていた古い時代のことなので、それについてわれわれは直截、語る術をもたないが、それは現在のどこにでも起こっていることだと言えるのだ。

幻の群猿

四方に網を掛けた。執着の網を掛けた。猿の類がかかった。おれもまたそうだったが、執着の曲がった視線でしかものを見られない猿たちがいるのだ。中傷や無視という陰険な脳髄の作用。浅い夢のなかで、みずからの執着にもがき苦しむ猿たちの魂の内部を推し量る。

あのころ、おれはすでにひとつの荷車のうえの亡霊と化していた。四方に張った網に群猿

の黒い魂たちがかかった。それを獲物として
むさぼり食った。時雨が降った。風が吹いた。
この短い人生で待つことのなんと長いことか。

いくつものごろた石を迂回し、また乗り越え
ていった。いくつもの石の影。魂はいくつも
の石によって鍛えられた。この冬に浮かびあ
がったすでに青きものの見えるこの枯野自体
がおれの魂だ。おれは淀川の河川敷に白い月
を見た。列車が音をたてて通りすぎた。

執着の網を外してしまえば、何もない。時雨
の降る夜に魂の羽搏く音がした。魂の這いま
わる気配がした。執着に溺れるもの。溺れあ
がくものは一度沈めてからでないと助けられ
ないという救助の訓えをいま一度思い起こせ。

おれと同様に愚昧な猿であるわが友よ。おれを嫌う猿たちも、おれを好む猿たちも、まず執着に溺れるわれわれが、一度深く沈められてからでないと、救助されることは不可能だということになるのだ。

自然の摂理

マルクス・アウレーリウス帝に捧ぐ

ねじ曲がった鉄棒のコンクリートより出でて
おれをとりまく風を声にした。脚は地につき、
影はひとりをめぐった。現在をめぐった。ず
いぶん回り道をしてきたものだ。途轍もない
高さの壁を越えた。笑いさげすむ灰色の人垣
のなかを通った。風と地面の寒さを回避する
ために古新聞を身体のうちに捲いて寝たこと
もあった。

荒川沿いの小径を歩きつづけた。足首を痛めたまま、二月のドラムカンに燃える火を見た。この世の最後かと思うような夕暮れのあと、夜が明けるまでの小径にいくつもの水たまりがいくつもの貌となって現れては消えた。朝には黒い雨が降った。

ただ生きるために生きるそれが生きる意志だ。壁は乗り越えて愉しむためにあった。美しい魂をもつひとは自然の摂理に順っているだけなのだ。死すべき存在として物事をよく観じてみろ。すべての物事は正しく生起するのだ。いま持っているものだけがすべてであり、死ぬときはただひとつ現在を失うのみだ。

果てしない助走

熱帯の石を拾った。遠くに投げた。還ってくる音はなかった。指紋の渦に砂の粉を感じた。水で洗ってもなかなかとれない砂の粉。そんな砂の粉にまみれて目覚めることのないこの世でさえ、かならず目守るものがある。ほんのすこしの希望を胸に、夜のむこうにどんな言葉の未来が開かれるのか、言葉を紡ぎながら、おれは考えた。

目守るものは、知覚ではとらえられない。われわれの考えの向こう側に、むしろ考えられない場所に在って、この世のひとりひとりを目守っている。神慮と呼べばよいのだろうか。脳髄で考えて分かるわけがないのだ。

果てしない助走。そう、生きることは、この脳髄とともに消えてゆくまでの果てしない助走に過ぎないが、そこにわずかな、ほんのわずかな希望がある。悲惨な現実のなかでも飯を食らい、斃れるまでは夢を持つことが誰にでも許されているのだから。

行程のゆくえ

いつも通る舗道は、線路との境を明確にするために、洞窟をつらららする白い水晶のかたちをした石杭で区別される。鉄路が赤錆びて繋がっていて、路石は鈍いあかがね色に染まっているのが、おれの眼の高さに見える。ここにじっとしていると、列車がやって来て鉄路を打ち鳴らし、おおきくカーヴして過ぎさってゆく。

あの頃は雨のなかで運動靴を踏むたびに、そのなかより水と空気が音を鳴らしていた。高原にある湖を中心にして、トタン板やダンボールで草滑りするだけでよかった。そこへ行くまでにはいくつもの無人駅に止まる列車に乗っていった。列車が来ると鉄路の真中を歩いていているひとびとが脇にゆっくりとかたまって避けていった。

草を滑って雨に打たれても、おれたちはいっそうの生命力を輝かせていたものだ。それと違わず生きてゆくかぎり、年寄り、病んで、死んでゆくすべての行程が、揺るぎもなく素晴らしいいのちの瞬間であることが自覚できるようになるはずだ。

鉄路を通った何台もの列車。そのなかに乗り合わせたひとびと。また乗り合わせなかったひとびとを含めて、その世代世代を生かされて生きているということが如実に身に応えて分かるようになっている。列車が来て鉄路を打ち、またおおきくカーヴしてゆく。

道

自縄自縛の縄を提げて歩いているもの。みずからも縄に縛られながら他人を嗤うもの。他人の縄を踏んで喜ぶもの。また転ぶもの。みずからをみずからで規定しておいて、そこから変化したいと望んでいるもの。無知をアイデンティティーとして居坐っているもの。未来に餌を吊るして走っているもの。逆さにぶらさがっているもの。

いつの時代も悪時世。それをかこつもの。低い地上に溺れるものたち。愚人の轍をわれわれも歩むのかこのまあたらしい一生を費やして。頭で考えて分かる真実の道はない。われわれはそれぞれ違った見方をするのだから、妄想だと言えばみんな妄想だ。思い出すすべての記憶が無数の蝶となった。

宝石を鏤めた夜空を失い、ここに摑むことのできる土を失った。しかし過去でも未来でもなく愚人の轍を踏まないでおこうとするなら現在にしかない。過ぎ去った物事はもう何処にもない。おまえは両掌をからにして、この果てしなくつづく現在、ここに現れるべき人間のふるくてあたらしい道を見いだせ。おまえがこの地に立っているということはすべての地に立っているということなのだから。

記憶のトルソ

ひとりが蹲っているとき、もうひとりは走らなければならなかった。おお、記憶のトルソよ。頭のない、腕のない、脚のない、なまめかしく捻じれたその胴さえもないおまえ。いなくなったおまえのために、ひとりが蹲り、ひとりが走るのだ。おまえの血は、われわれのなかにも巡っているのだ。

幻の馬。幻のおまえ。柔らかな土のうえに残されるその馬蹄形の足跡。いなくなったおまえに弔いの鐘もなく、死に拮抗するようにしてはじめて生きえたおまえが荼毘にふされる。あまたの現世の甲冑の山の頂でおまえの亡骸が燃えさかる。

おまえが生きた足跡も、日々の雨のなかで消えてゆく。蹄鉄、鐘、甲冑の鼻を突くような金臭さだけがあたりに漂う。ひとりは蹲ったまま石化し、ひとりは走り去ったまま風となる。石はまた風化して、風だけが風と戯れる。

ひとびとの行きかう瀝青とコンクリートの裏側に駆け走る馬、登楼の鹹(しおから)い鐘、赤く染まった甲冑。おまえのいないすべての都市という荒野のなかで、風だけが孤独に生き残るのだ。

記憶のトルソ。ひとりの生きた痕跡。そのためにまた、都市の中央でひとりが蹲り、ひとりが走らなければならなかったのだ。

隠者攷

消えてしまった過去のある現実が現在に作用しようとして、忽然とそのはたらきを停止した。急停止した機械みたいに、そこでの作業がすでに過去のものであり、過去においては有効であったが、現在において無効となった歯車が、嚙み合わさることもなく、そこでひとつ車軸を回転した。

現在という巨きなローテーションに機能しな

くなった記憶が霞を噛み合わせた。隠者と言えばそれまでのことだが、回帰できない日常をどう取り戻せというのか。むしろ日常から離脱することによって、この世の隠者としての足場を固めたほうが好いのではないか。

多かれ少なかれ、日常からの離脱の年月はちかくに迫っている。人生の余情にしたるのも、あと何年か、その意外な短さをここで嘆いて何になろう。ここからは為すべきものから、つれづれにそれを記述するものへの変更を旨としたほうがよかろう。

そもこの世にあれたときから、隠者の気風をもってものしてきたのだから、かえってそれも自然な移行とさえ言える。時に身をまかせ、書けるかぎりのこの世を写してゆくのも悪くない。隠者の位置について若干の錯誤があってもそれはそれ。錯誤ごと位置の異同としてここにまたひとり、またひとりの隠者あらわる。

砂の楽園

剣を捨てて、芽吹いているいのちの杖をもった。哀しい青い水晶の世界を左手にのせた。皮袋には水を蓄えた。生来の自分を捨てるために砂を旅する季節がやって来たのだ。見渡すかぎり何もない世界で誰と出会うのか。人生に答はない。ここでおれは韜晦を破り、その杖で一歩を推し量った。埋もれてゆく時間を歩きつづけた。

自己を求めるために頼りになるのは自分だけだ。砂の椅子に腰掛けてまっすぐ前を向き、半眼に目を伏せた。みずからの来し方が見えてきた。なんと不毛な生活だったろう水晶が世界を逆さに映した。誰もが脳髄で歩く街を通りすぎた。憎しみの屍が積み重ねられた。偽りの言葉が積み上げられた。それらを燃やした。

赤く燃える地上に死者のごとく睡った日々を追想した。しかしここにあるのは砂という現実だけだ。砂の谷間の干乾びた川をいくつも渡ってきた。睡れ大地よ、宇宙という天蓋のしたで。われわれは何処かへ行くわけではないのだ。革袋の水を飲むとき、無量の星がひかった。無量の砂粒が流れた。

身心に感じられるおれを除けばどこにもおれはいない。そのとき宇宙や地上とひとつながりに繋がっている自己に気づいた。地上を杖で衝くと、滾滾と水が湧きだした。芽吹いた杖はそこで根を張り、真直ぐにうえに伸び、ひとつの大きな樹へと成長するのだった。

希望の種子

見よ、あの霞んだ空を。それでも生の終止符が打たれるまで時間と希望が残されていた。崩れる塔と雲を裂いてひかり射す太陽。絶望の底からもまだ希望の種子は播かれた。死の底に落ちるまで希望は摑んでおくものだ、たとえこの世が夢だと悟っていたとしても。

がらがらと流れる什器の類。しかしわれわれは呼吸している。たしかにわれわれは何も持たずに生まれてきて、何も持たずに死んでゆく。それでも古代の競技場や舞台。そこからアスリートが生まれ、役者が生まれる。耳を澄ませ。いまでも土を蹴る音、コロスの歌声が聴こえないか。

それはわれわれの内部にある一瞬の幻視や幻聴かもしれない。おまえが睡るとき、おまえはそれらを忘れるに違いない。おまえを貫く一本の川が、おもむろにおまえをめぐる。サーカスやぼろ布がおまえをめぐる。不幸のなかに幸福の種子が睡り、幸福のなかにも傷ついた過去が睡る。数々の幻がおまえの生を豊かにしてきたのだ。

種子が播かれた。他者の種子とおまえの種子をどうやって正確に分けることができるのか。おまえを貫いた川がおまえをめぐるとき、その川はおまえのなかの他者をも潤すのだ。おまえの手を差し出せ。両掌にある種子は何処から来たものか。

おまえ、すなわちわれわれにできることは、その種子を播くこと以外にないのだ。さあ、種子を播け。明日が来るか来ないか、それは誰にも判らない。しかしわれわれの播いた種子のいくつかは正しく芽を出すのだ誰に教わることもなく、確かな影をその地上に残すのだ。

永遠の塔

著者
法橋太郎

発行者
小田久郎

発行所
株式会社思潮社

〒一六二―〇八四二　東京都新宿区市谷砂土原町三―十五
電話〇三（三二六七）八一五三（営業）・八一四一（編集）
FAX〇三（三二六七）八一四二

印刷所
創栄図書印刷株式会社

製本所
小高製本工業株式会社

発行日
二〇一七年二月二十五日